姉弟私記

大音寺 一雄

藤原書店

姉弟私記

目次

姉弟私記

カバー装画（沖の浪）・挿画　まき　さちこ

一

西武新宿線「中井」駅裏手に、妙正寺川に沿って南へ、かなり急な八つの坂がある。

「一《いち》の坂」

「二《に》の坂」

「三《さん》の坂」

「四《よん》の坂」——「八《はち》の坂」であるが、自分が知っているのは、「四の坂」までである。

「一の坂」を上《のぼ》ったあたり一帯の下落合《しもおちあい》には、世に知られた人たちの住居《すまい》があった。

たとえば、石橋湛山《いしばしたんざん》である——。

一九五六年十二月、岸信介と激戦の末、「自由民主党」第二代総裁に指名されて、内閣総理大臣になった。

「向米一辺倒」を否定するとともに一千億の減税等、極めて積極的な活動を開始したものの、わずか二ヵ月で退陣した。過労がたたって発病し、長期療養を要す、との医師の診断が下ったためで、その退《ひ》き際《ぎわ》の潔ぎよさが、しばし話題になった。

以後の石橋は——、

中・ソ両国との親善に努めるとともに、一九五九年九月には訪中して、「周恩来」首相との「共同コミュニケ」を発表して友好の姿勢を示し、一九六〇年六月には、「日米安保条約批准案」の強行採決に反対して岸首相の退陣を勧告する等、「ラディカル・リベラリスト」の面目を発揮して世の注目を集めたが、一九七三年四月、脳梗塞のため世を去った。

享年八十八――。

下落合にあったという会津八一《あいづやいち》の「秋艸堂《しゅうそうどう》」は、どのあたりだったのか……昭和二十年四月、米軍機の空襲で焼け落ちてしまった、と聞いている。

早稲田大学で、「東洋美術史」等を講じた学者であったが、それよりも、歌集『南京新唱《なんきょうしんしょう》』にみられるような「万葉ぶり」の響きをもつ歌詠みとして世に名が高く、独特の品格をもつ書家としても著名であった。

かすがのに　おしてるつきの　ほがらかに
あきのゆふべと　なりにけるかも

ほほえみて　うつつごころに　ありたたす
くだらぼとけに　しくものぞなき

その高弟であった宮川寅雄氏は親友の義父であったご縁で、一度御自宅でお酒をご馳走になりながら、面白いお話を伺ったことがある。

先師の高風を慕って入門を希望する者が少なくなかったが、厳しい「学則」の定めがあって、それに悖《もと》ると目《もく》された者は容赦なく破門に付した。

人によっては、何枚も「破門状」を所持している者がいて……というようなことだったが、ということは、赦されてはまたその門をくぐった、ということか――。

秋霜の人はまた、内に蔵した情《なさ》けの深い人でもあったのだろう。

学規

一、ふかく
　この生を愛すべし
一、かへりみて
　己を知るべし
一、学藝を以て

性を養うべし
一、日々、新面目あるべし

帰りがけに、友人の助言もあって、『よろしかったら……』と、一枚の色紙を頂戴したが、歌も書もいいもので大切にしていたのに、しまい忘れてどこにやったか、探しても見つからない。

惜しいことをした――。

「二の坂」を上ったあたりに日蓮宗・獅子吼会のりっぱな建物があって、そこでは保育園も経営していた。
自分は坂のとば口の小さな二階家に、妻と二人の子どもの四人で暮していたが、私立大学のかけ出し講師、名などあろう筈がない。

「三の坂」には、さしたる記憶がない。

「四の坂」には、十段ぐらいだったか石段があって、それに沿った塀の内は、林芙美子の家であった。作家はもう亡くなっていたが、どなたが育てるのか、庭先には四季折々の花が咲いていたように思う。

あの頃はまだ出世作『放浪記』ぐらいしか読んでいなかった。ものの本で知った生育歴、その生涯はすさまじいものであったが、嘗《な》めた辛苦はことごとく作品のうちに実を結んだであろう。

だが、「花の命」は、短かかった——。

林　芙美子

明治三十六（一九〇三）年、十二月三十一日、山口県下関市田

中町生まれ、届出は、私生児。林キクの次女。父は行商人と相場師ほかを職業とした宮田麻太郎だが、八歳の時この両親は別れ、のちに母の再婚で、沢井喜三郎が養父となった。養父も行商をしたので、長崎・佐世保・鹿児島で幼年期を送り、市立尾道高女を大正十一（一九二二）年卒業というが、出生や学歴に異説がある。（以下略）[1]

出生や学歴に異説のあるのが謎めいていて、いかにも彼女にふさわしい。人の経歴の細部や仔細《しさい》、ましてや心中《しんちゅう》の本音など、当人以外の誰が知ろう――。

隣人とか

肉親とか
恋人とか
それが何であろう
生活の中で食うという事が満足でなかったら
描いた愛らしい花はしぼんでしまう
快活に働きたいと思っても
悪口雑言の中に
私はいじらしい程小さくしゃがんでいる。

両手を高くさしあげてもみるが、
こんなにも可愛い女を裏切って行く人間ばかりなのか
いつまでも人形を抱いて沈黙《だま》っている私ではない

お腹がすいても
ウオオ！　と叫んではならないのですよ
幸福な方が眉をおひそめになる。

血をふいて悶死したって
ビクともする大地ではないのです
陳列箱に
ふかしたてのパンがあるけれど
私の知らない世間は何とまあ
ピアノのように軽やかに美しいのでしょう。

そこで初めて

神様コンチクショウと怒鳴りたくなります。

（『放浪記』より）

二

「四の坂」の石段は、わが子二人の遊び場だった。

あの頃、女の子は小学三年生、男の子は五歳の四つ違い、仲のよい姉弟《きょうだい》であった。

姉は、石段を「よつやかいだん」と呼んでいた。「四谷怪談」などという物騒なお話をどこで知ったのか……何にでも妙な名をつけるおかしな子で、弟のこともはじめは「志郎」ちゃんと呼んでいたのが、いつの間にか「ピボニャン」に変った。由来は今もって判《わか》らないが、そう呼びかけると、ふつうの子より小さく生まれてきた弟の可愛いさが、いや増したのかもしれない。

弟の方はまともな子で、姉を「オネェチャン、おねぇちゃん」と慕って、一日中付いて廻っていた。

「よつやかいだん」での二人の遊びは、ちょっとの間のマリ投げのあとは、「じゃんけんぽん」に決まっていた。

「グー」で勝つと、「グ、リ、コ！」と喜びの声をあげながら、石段を三つ進む。

「チョキ」は「チ、ヨ、コ、レ、イ、ト、」と、これも一音一音区切りながら六段、昇るか降りるか。

「パー」は「パ、イ、ナ、ツ、プ、ル、」でこれも六段——。

ジャンケン　ポン！　――。

ぐー、ちょき、ぱぁ――。

倦《あ》きることなく昇り降りを繰り返して遊んでいた二人――。暗くなって迎えに行くのは「トウタン」の、これも変らぬ「オットメ」であった。

三

男の子は、九ヵ月で生まれて来た「未熟児」であった。

『オマケ、ね』と言って看護士さんが教えてくれた体重は、二キログラム――すぐ、空気調節などがしてあるらしい保育器に入れら

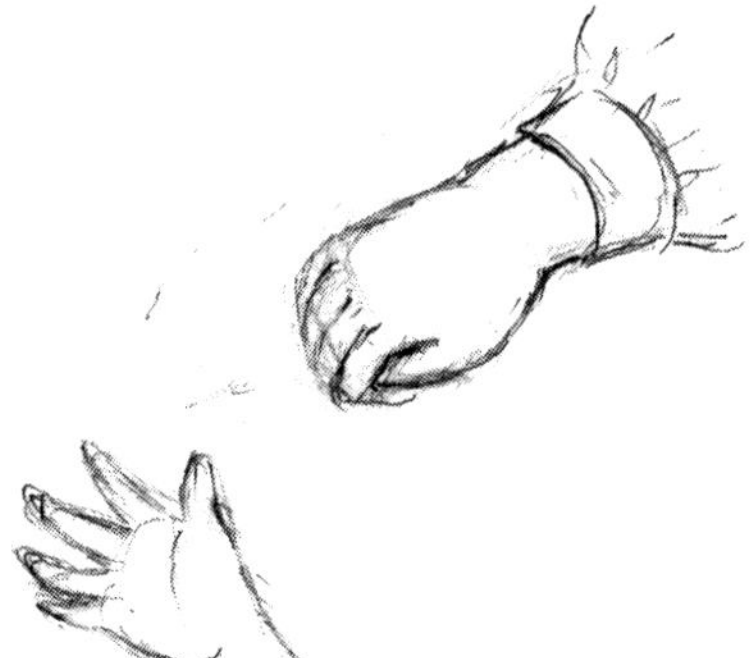

れたが、プラスチックのケース越しに覗いて見た初対面のわが子は、目を閉じたまま赤くしなびたあまりにも小さな赤ん坊で、これでちゃんと育つのだろうか……知能の遅れは……などとさまざまな不安が胸をよぎった。

係の女性が、乳首をかたどった人工ミルクの吸い口を何度さし込んでもうまく吸えず、不安は増すばかり……幾日たっても、体重は一向に増えなかった。

『せめて、あたしのお乳《ちち》を……』

と、産褥の床《とこ》の上で妻がしぼったわずかな母乳——それを毎朝、家から少し離れた産院まで自転車に乗って届けに行ったが、母と子だ、やはり何か通うものがあるのだろうか、赤ん坊は、前よりはうまく「乳首」を吸うようであった。

『お母さんのお手柄《てがら》ね』

と看護士さんが言ったあとで、『お父さんもよ』と言ってくれたが、あれは「オマケ」か――。

それでも結局、四十二日間も保育器の中に居て、赤ん坊が家に帰って来た時は、十二月も半《なか》ばを過ぎていた。

『くれぐれもカゼなどひかせないように』

というのが、退院の許可をくれた院長さんの厳しい注意であった。

『まだ、呼吸機能の発達が充分ではありませんからね』――。

陽のよくあたる二階の六畳の間に寝かせることにした。とにかく部屋を暖かくしなければならないが、石油ストーヴだとガスの心配があるかも……と、部屋の中程に厚手のカーテンを吊して仕切った三畳の間に寝ている子の両脇に、湯を入れた一升ビンを置いた。

初めて見る弟のそんな寝姿が珍らしいのか、保育園から帰って来ると上の子はすぐ、そっとカーテンをめくって、赤ん坊を覗いていた。

冬が去った――。

心配していたようなことは、何も起こらなかった。

目があいた赤ん坊、笑顔の姉は毎日しきりに何か語りかけていたが、やがて弟の方も笑顔らしい表情を見せて、ことばにならぬことばで応《こた》えているようす……『やはり姉弟《きょうだい》ね』と、満足げな妻であった。

天気のいい日は、赤ん坊を抱いて、家の周辺の閑静なあたりを散歩するのは、「トウタン」の日課であった。

口をついて出た「子守歌」の、「歌詞」も「節《フシ》」まわしも即興だから、日によって異《ちが》っていただろう――赤ん坊はとまどっていたかもしれない。

志郎よ――
あれは、
空をわたる、風の音だよ
わかるか……

志郎よ――
ほらね、
耐えて開く　花のつぶやき

わかるか……

志郎よ――
あれは、
今日《きょう》巣立ちの　鳥のさえずり
わかるか……

三歳になった弟は、姉の時と同じ保育園に通うようになったが、ある日、なかまに押されて遊動円木からころげ落ちて頭を強く打つ事故にあった。ぐったりしているのを抱いてきた保育士さんが、大丈夫とは思いますが、しばらく安静にして、頭部をよく冷やすこと、という医師のことばを伝えてくれた。

小学一年生の姉は、母親が洗面器の氷水で冷やして載《の》せていたタオルを、親が部屋を出て行くとすぐまた母の手つきでしぼっては載せてやっていたが、これも大したことにならずにすんだ。

保育園の年長組になった弟は、母親から買ってもらった一冊の絵本を手に、姉が学校から帰って来るのを待ちわびていたが、帰るとすぐ、

『ネェ、オネェチャン、コレ、ヨンデヨ、ネェ……』

『うん、いいよ――』

ランドセルを投げ出して、姉が毎日声を出して読んでやっていた本の名は、

『ちびくろ・さんぼ』——。[2]

四

あるところに　かわいい　くろい　おとこの子がいました。

なまえを、ちびくろ・さんぼと　いいました。

おかあさんの　名は　まんぼ　おとうさんの　なは　じゃんぼと　いいました。

おかあさんの　まんぼは、ちびくろ・さんぼに　あかいきれいな　うわぎと、あおいきれいな　ずぼんを、つくってくれました。

おとうさんの　じゃんぼは、いちばへ　でかけて、きれいなみどりいろのかさと、そこが　まっかで、うちがわも　まっかな、かわいい　むらさきいろの　くつを　かってきて　くれました。

これだけ　そろったら、ちびくろ・さんぼは　どんなに　りっぱに　みえることでしょう。

姉の読んで聞かせるお話を、親指をちゅうちゅう吸いながら、いつも真剣なまなざしで聞いていた弟——。

ちびくろ・さんぼは、あかい　うわぎとあおい　ずぼんに、むらさきいろの　くつを　はいて、みどりの　かさをさして、いいいい、じゃんぐるへ　さんぽにでかけました。すこし　いくと、とら

が　でてきました。

「ちびくろ・さんぼ！　おまえを　たべちゃうぞ！」と、とらは　いいました。

そこで、ちびくろ・さんぼは　いいました。

「どうぞ、とらさん、ぼくを　たべないで——。ぼくの　このきれいな　あかい　うわぎを　あげるから」

すると　とらは　いいました。

「よし、じゃあ、こんどは、たべないでおいてやろう。だけど、そのきれいなあかい　うわぎを　くれなきゃ　だめだぞ」

とらは、かわいそうな　ちびくろ・さんぼの　きれいな　あかい　うわぎをもらって、「これで、おれさまは　じゃんぐるじゅうで　いちばん　りっぱな　とらじゃわい」と　いいながら、

ら　むこうへ　いってしまいました。

ちびくろ・さんぼがまた少し行くと、また別の虎が出て来て、「ちびくろ・さんぼ！　おまえを　たべちゃうぞ！」と言う。「どうぞ、とらさん、ぼくを　たべないで！　このきれいな　あおい　ずぼんを　あげるから」。

こうしてこの子は、何匹もの虎から身ぐるみそっくりはぎとられてしまって、「おいおいなきながら」歩いて行くと、「ぐる・る・る・る・る」という恐ろしい声が聞こえてきた。

さんぼが、椰子《やし》の木陰《こかげ》にかくれてそっとのぞいてみると、虎たちが、「おれが、いちばん、りっぱなとらだ。おれが、おれが」と、けんかをしていた。「とらたちは　ふうふういいながら　となりの

とらの　しっぽにくらいついて　ぐるぐるかけまわりました」。

――（中略）――

「それでも、まだ、やめないで、ぐるぐるぐるぐる　まわっているうちに　とうとう、みんな、どろどろに　とけて　しまいました。あとには、ばたのおおきな　いけが　のこっただけでした」。

ちょうどその時、父親の「じゃんぼ」が、大きな壺を持って仕事から帰って来た。そして、溶けた虎を見て、『こいつは、すてきなばたじゃわい！　うちへ　もってかえって、まんぼに　おいしいごちそうを　つくってもらおう』

そこで、じゃんぼは　おおきな壺一杯、溶けたばたを入れて、家へ持って帰る。
家では「まんぼ」が大喜び、『さっそく、ほっとけーきを　こしらえて、みんなで　たべましょう！』。

「そこで、まんぼは、こなと　たまごと　みるくと、おさとうを　まぜて、とてもおいしそうな　ほっとけーきを　おさらに、いっぱい、やまもりにつくりました。それからそれを　とらのばたでやくと、ちょうど　とらのような　きいろい　こんがりした　いろになりました。
それから　みんなで　たべました。
おかあさんの　まんぼは、そのおいしそうなほっとけーきを、二十《にじゅう》と七《なな》つもたべました。

そして、おとうさんの　じゃんぼは　五十五《ごじゅうご》も　たべました。けれども、ちびくろ・さんぼは、なんと百六十九《ひゃくろくじゅうきゅう》もたべました。とても　とてもおなかが　すいていたのでね」。

本を買い与えた母親は、まだ字の読めない子でも、赤や緑や黄や紫の色あいの美しいこの絵本、ただめくって見ているだけでも……と思ったのだろうが、『オネェチャン！　これ、よんでよう』と本を片手に付きまとう弟に、『うん、いいよ！』と姉は毎日、何回も何回も読んでやっていた。

すっかり暗記してしまった弟は、一人の時は神妙な顔つきで絵本を開いては、まるで読んでいるかのような声を出していた。姉の読みかた、そのままに――。

虎が出て来ては「ちびくろ・さんぼ！　おまえを、たべちゃうぞ！」と繰り返す山場のところでは、姉と全く同じように語気を強めて、「ぞ！」とやるので、彼がそのくだりを読むと、「象！」に聞こえた。本を読むこの子の心像《しんぞう》の中に浮かんでいたのは、「虎」だけではなくて、「象」もいたのではあるまいか……。

同じ本の繰り返し・くりかえしの「読み・聞かせ」、弟が耳を傾けて聞いた「聴き取り」、その時、心の中に生じていただろう虎や象たちが出てくる「イメージの多様・多彩さ」……やがて自分で始めるようになった、姉の読み方とイントネーションまでそっくり同じの「マネ読み」――それらは、２キロに満たぬからだで生まれてきた子が幼時に受けた頭部の打撲等がひょっとしたらもたらしたかもしれぬ知能の発達の遅れを未然に防ぐうえで、何らかのはたらきをしていたのではあるまいか……。
「オネェチャン」の「お手柄」であった。

あめ落し　蟻といっしょに誕生日

第五小学校三年　　北田かおる

五

赤ん坊の両脇にお湯を入れた一升ビンを、という案は、自分の母（菊子）が言い出したことである。
『わたしもね、冬場に八ヵ月で生まれて来た未熟児でね、こんな小さな子が……と心配したお爺さんが、真綿にくるんでフトコロに入れて育てたらしいよ』というのは、何度も聞かされた母の一つ話だったが、いつも遠い目になって、そのぬくもりを想い起しているようであった。

明治三十一年十一月、母は島根県の「金山《かなやま》」というところに生まれた。

石炭のとれる坑山があって、土地の有力者数名が所有権を分け持っていたが、爺さんはその一人であったというから、暮しはかなり豊かであったろう。

母を生んだ娘は、子どもの頃は「金山子一《かなやまこいち》」と人が呼んだという美人で、爺さんも溺愛していたというが、石炭の出がわるくなって調査のために招いた坑山技師の林は九州の出身で、爺さんの所がその宿泊所になった。

熊本は細川藩の武家の出というその男がえらく気に入った爺さんは、彼の長期滞在中に娘との仲が怪しくなっても、そ知らぬふりでいたらしい。

やがて、「金山子一」は子を孕んだが、それとわかった時、役目を了《お》えた林は故郷《くに》へ帰ってしまっていて、女子出産との知らせを受けた彼から、名は「キクノ」とつけるように、といってきたが、遠い熊本と島根のことで話も遠く、林は一度島根にやって来たものの爺さんが孫を手離さず、その後いろいろあって、結局、そのままになってしまった。

生まれた赤ん坊を土地の人びとは、「てなし子」とうわさし合った。

傷ついた娘が哀れで、爺さんは「子一」を、「金山」からやや遠い「浜田」の海辺で漁業を営んでいる縁者の許《もと》にあずけたが、やがてその世話で嫁ぐことになった時、「金山」に残した子とは親子の縁を切って、決して会ってはならぬというのがその条件であったという。

母と子は、無縁となった――。

それから数年の後《のち》、坑山《やま》に見切りをつけた「爺さん」夫婦も「浜田」に移った。「キクノ」ではなく「菊子」とした孫を連れてである。菊子九才の夏、母は下関に住む子のない叔母の所に養女にもらわれて行った。自らの老い先の短いことを考えた「爺さん」の決断であったろう。

後年、成長した母が嫁いだ先は、町はずれの丘の上にある小さな神社であった。

せまい境内一杯に柊《ひいらぎ》の木が生い茂っていて、それなりの雰囲気はあったが、神社ではなくていわば祈禱所《きとうしょ》のようなものであったが、神主《かんぬし》と称する男が、病いや悩みごとをかかえる人を前に何やら祈りを捧げると、その念力で問題が解決するという何とも怪しげなものであったが、彼が大変な美男子であったためか、訪れる女性の絶えることはなかった。

そしていつか、母もその一人になっていた。

その事に気づいた養母が、あんな色男、「女の問題」でお前が苦労するのは目に見えているよ、と何度も注意したようだが、反対されればされる程母は無我夢中で、遂にある日、身一つで彼の許へ突っ走った。

やがて、女の子が生まれた。

「綾《あや》子」と名づけられた。

『――奇麗なお子さんですこと』と誰からもほめられて幸せな思いにひたっていた母の八年間の歳月は、流れるように過ぎさった。

そして、ある日――

赤ん坊を抱いたまだ年若《とし》い女の人が一人《ひとり》、神主を訪ねてやって来た。不在を告げると、この子は彼の子だが子を連れてこの玄関先で死ぬの生きるの……という騒ぎになった。

こんなことは、これまでに何度もあった……となかば目を閉じてイヤな過去の追憶に身を委ねていた母……。

急に泣き出した赤ん坊の鋭い泣き声に、突然、その目が醒めた。

永い間の悪夢であった。

〃綾子を連れて、ここを出よう〃――。

ランドセルを背負って、『オトウチャン、サヨナラ……』と家を出た姉は小学二年生――、ながい流転《るてん》の始まりであった。


子どもを養家にあずけた母は、何でもして働いた。「関門連絡船」の着く港町、大繁盛の遊郭の「仲居」やら、たくさんある旅館の皿洗いやら、仕事に困ることはなかったが、ある日、思いもよらぬ災難にみまわれた。

朝鮮まで安い米の仕入れに出かけて帰って来た数名の米穀商のうち、仲間たちが遊郭に出かけたあと、一人だけ残っていた男が、酒の勢いも手伝ってか……、膳を下げに部屋に入った母に突然手を出した。

防ぎようもなかった「アクシデント」——。

思いもよらぬことはさらに続いた。

日、一日と、腹の子は大きくなって行く……狼狽した母は、人から聞いた怪しげな薬を口にしたり、夜中に一人、風呂場で何杯も何杯も水をかけて腹を冷やしたり、さらには井戸から汲んできたもっと冷たい水にかえてみたり……必死の努力のすべてが甲斐なく、事情を知って同情をよせた「小倉」生まれの知り合いの女性の家の一室で、一人で生んだ子どもだった。呼びかける名も、「カズオ」だっ

たり「マサヒロ」だったり、日によって異《ちが》った。

自分の「移り気」も、性根の「底冷え」も、生まれつきのものかもしれない。

それと、無意識の底に深く刻み込まれた母への怨みがあったとしても、不思議ではあるまい。親への不可解な「コンプレックス」——仏教の説話に根ざす「未生怨《みしょうおん》」という言葉があるのを思い出した。

自分は、それとの二人三脚で成長したのではあるまいか……根の深い母の不幸でもあったろう。

そんな因業《いんごう》がらみの三人を受け容れてくれたお寺が、小倉にあった。

妻に先立たれて一人暮らしをしていた目の不自由な僧侶が、母を妻に迎え入れ、一歳の自分は届け出の遅れた「実子」とし、九つも歳のちがう姉は、その子守りとして面倒《めんどう》をみてくれるということになった。

仏心の掌《て》の内で過ごした日々、母は何不自由もなく、姉は学校から帰ると赤ん坊の自分を背に、友だちと「綾とり」や「石けり」などをして遊んでいたというが、小学校を卒《お》えると女学校に入れてもらったらしい。

夢のような日々――それは、またたく間に過ぎ去った。

そしてある日――。

母の姿が家から消えた。

後年、母が残していたその頃のいきさつも含めた「手記」を読むことがあった。

それによると――、

寺には和尚のほかにもう一人《ひとり》、介添《かいぞ》え役の僧がいたが、性質《たち》が悪くてやめてもらったのを根にもって、何かと因縁《いんねん》をつけにやって来る。その男を追い払う役目や、そのほか寺にはいろいろ男手のいる仕事もあって、屈強な男が一人、母の頼みで寺に出入りしていたが、ある日……、

悪縁としか言いようのない縁のもつれか、母は男の家に連れ出されたあげく、半《なか》ば監禁状態にされて、逃げ出そうとしたが『おとなしくここに居ないと二人のお子さんがどうなるか』とおどかされて、心も足も萎《な》えてしまった。

彼の言いぶんは、『世間《せけん》では、奥さんとオレができている、と言っている。こうなったらオレも男の意地だ』と、わけのわからない難

くせであったが、仕方がない……子どもの安全のためにと、母は男の所にじっとしていたらしい。

しかしとうとう耐えきれなくなった母は、彼の目を盗んでそっと戻った寺で、和尚に長いこれまでのいきさつを語ったあとで、二人の子を連れて小倉から逃げ出したい……と懇願した。

和尚は、綾子を逃がすことには同意したが、赤ん坊の時から育ててきた和男を手離すことは拒《こば》まれて、やむなく母はまた、男のところに戻った。

そしてある日、女学校の二年生になっていた姉の姿が寺から消えた。母はまず姉を、東京の縁者の許《もと》へ逃がしたのだった。

めまぐるしく変った自分の身のまわりのあれやこれやはほとんど憶えていないのに、ある日、東京の姉から送られてきた絵本を手にした時の嬉しさだけは、今だにハッキリ憶えている。全文、フリガナ付きだったから、一年生になったばかりの子どもでも読むことができた。

学校から帰るなり、一人で毎日読んでいた講談社の絵本、『安寿姫と厨子王丸』――(3)。

六

サビシイ　アキノヒグレデス。
三《サン》ニンズレノ　タビビトガ　ミチヲイソイデ　イマス。陸奥《ムツ》

ノ　クニノ　トノサマ岩木判官正氏《イワキハンガンマサウジ》ノ　オクガタト　コドモタチデス。正氏《マサウジ》ハ　十年《ジュウネン》マエ　トオイ　筑紫《ツクシ》ニ　ナガサレテ、ソレキリ　カエッテ　マイリマセン。三ニンハ、ハルバルト　正氏《マサウジ》ヲタズネテ　イク　トチュウナノデシタ。

コドモタチハ　アネヲ　安寿姫《アンジュヒメ》　オトウトヲ　厨子王丸《ズシオウマル》トイイマシタ。

あたりはだんだん暗くなる。通りがかった汐汲みの女に、近くに宿屋はないかと尋ねると、この頃は悪者が出るので、他国の者は泊められないことになっている。あちらの橋のかげの材木置場で休んだら、と教えられた三人が橋の下で休んでいると、一人の男がやって来て、

「ワシハ　山岡大夫《ヤマオカダユウ》トイウセンドウダガ　コンナ　トコロニ　トマッテハ　カラダニ　ワルイ。ワシノイエニ　トメテアゲルカラ　ツイテ　オイデ」

と、親切そうに言う。三人は山岡大夫の家に泊まる。母親が遠い筑紫まで行かなければならないと話すと、明日の朝、ちょうど筑紫行きの船があるから、わしが頼んであげよう、と、言った。

つぎの朝、母親と二人の子どもは別々の舟に乗せられてしまう。親子は、人買い舟に売られたのだ。

母親の乗った舟はどこへ行ってしまったのか……

安寿と厨子王の舟は、丹後の由良《ゆら》の港に着いた。

ソコニハ　山椒《サンショウ》大夫《ダユウ》トイウ　オニノヨウナ　オカネモチガオリマシタ。オオゼイノオトコヤオンナヲ　ツカッテ　オシロノヨウナ　オウチニ　イバッテ　スンデ　オリマシタ。フタリハ　ソノ山椒《サンショウ》大夫《ダユウ》ノ　トコロヘ　ウラレタノデシタ。

次の日から、姉は海辺へ汐汲みに、弟は、山へ柴刈りに行かされたが、『ネエサマ、気ヲツケテネ。』

『厨子王　オマエモネ。』

安寿は汐の汲み方を知らず、厨子王は柴の刈り方がわからない。

二人は顔を見合わせながら、姉は弟を哀れに思い、弟は姉がかわいそうになって、どちらも涙ぐんでしまう、
そんな苦しい日々を送っていた二人――。

ある日、安寿《アンジュ》は、

厨子王《ズシオウ》を誘《サソ》って裏山《ウラヤマ》に登《ノボ》った。そして、麓《フモト》の方を指《ユビ》さして、『ゴラン、アノミチガ　ミヤコヘユク　ミチデス。オマヘハ　ワタシニ　カマワズニ　ミヤコヘ　ニゲテ　オトウサマヤ　オカアサマヲタスケル　クフウヲシテ　オクレ』ソウ　イッテ　オマモリノ　オジゾウサマヲ　クビニ　カケテヤリマシタ。

厨子王が姉と別《ワカ》れるのが辛《ツラ》くて「モジモジ」していると、安寿は、『ユウキヲ　オダシ、厨子王、オマエガ　ヨワイ　ココロヲ　オコシタラ　ダレガ　オトウサマヤ　オカアサマヲスクウノデス。』

ト、シカルヨウニ　イイマシタ。厨子王ハ　ヨウヨウ　ココ

ロヲ　キメテ　フリカエリ　フリカエリ　ヤマヲ　カケオリテ
イキマシタ。

都に着いた厨子王は、その晩、清水《きよみず》の観音様の「おこもり堂」に泊《と》まる。

翌朝、娘の病気平癒祈願のお参りに来た関白・藤原師實《ふじわらのもろざね》と知り合う。姉が首にかけてくれたお守りの法力で娘の病を救うことに成功した厨子王は、関白の支援を得て父親を助けようとするが、彼はすでに亡くなっていた。

丹後の国の国司に出世をとげた厨子王は、山椒大夫を捕縛して、奴隷労働をさせられていた大ぜいの人たちを解放する。何より嬉しかったのは、姉の安寿が無事で働いていたことだった。二人は手をとり合って喜んだ――。

母も姉も居なくなってしまった寺に、たった一人でいた自分は、母の代《かわ》りに入った女《ひと》を「お母《かあ》さん……」と呼べるようになっていたが……

ある日――、

学校からの帰り道ぞいのお堂の中から飛び出してきた実の母に、つよく抱きしめられた。

『行こう！　さあ一緒に！』

『……どこへ行くの？』

『東京だよ、姉さんも待ってるよ！』

一年半近くも離れていたせいか、やっと会った子は、べつに嬉しそうな顔もみせなかった……と、母は例の「手記」の中に書きつけている。そして、『ぼくまでいっしょに行くとあの男につかまるから、母さんひとりで行ったら……』と言ったという。

つよく手を引かれて「門司」へ、門司から「関門連絡船」に乗って「下関」へ……恐ろしい「あの男」が追いかけてくる、という不安で胸が一杯の東京までの長い旅の列車の中で、「姉さんが待っている」ということだけが心の支えであった。

やっと東京に着いた――。しかし、渋谷区下通り二丁目の縁者の所に姉はいなかった。どこへ行ってしまったのか……

『友だちと大阪へ働きに行く……』と言ってここを出たきりで……と縁者はすまなそうな顔をしてみせた。

その家は、「カフエ」――今の「バー」のようなことをしている家だったが、よほどイヤなことでもあったのか……と、母は不満をあらわに首をかしげていた。

わるいことが、続いてまた起った――。

小倉から母の後を追って来た男につかまってしまったのだ。

「わたしが呼んだにきまっている」とあの縁者が言っていると母は怒っていたが、そうではない――。

自分は、「渋谷尋常高等小学校」二年の転校生であったが、渋谷はまだ静かな町で、駅の裏手を流れる「渋谷川」には、魚が泳いでいた。

昔は、本籍地の小学校を離れて他府県の小学校に入る時には、現住所を明記した「寄留届」というものを本籍地の役場へ届け出なければならない定めがあったらしい。だから日本国中どこへ逃げようとも本籍地の役場で調べれば、今居るところはすぐに判《わか》った筈である。

渋谷始発の東横線の「並木橋」駅、駅と駅との間のコンクリートの橋桁《はしげた》の下のせまい空間を利用して造られた四畳半長屋、その一室が自分たち三人のすみかになった。

彼は「シラフ」の時はそうひどい男にもみえなかったが、夜、ひとたび酒が入ると人格が一変した。手のつけられない酒乱、母と一緒に、何度部屋から逃げ出したことか……

脅えながら寝ていた夜のたった一つの救いは、寺にいた頃、毎日読んですっかり暗記してしまっている姉が送ってくれたあの「絵本」のことを思い浮かべていること、であった。

「人買い」から違う舟に乗せられて行った母さんはどうなったのか……。

再会した安寿と厨子王がいろいろ調べてみると、母親は、佐渡に売られていったことが判《わか》った。

島へ渡った二人が、ある日、村の道を通っていると、一軒の家の庭先の「ムシロ」の上に、目の見えないおばあさんが一人、悲しそうな唄を歌いながら、ムシロの上の粟の穂を食べに来る雀を逐《お》っていた。

二人がその唄を聴《き》いてみると、

……

「安寿《アンジュ》コイシヤ　ホウヤレホ　厨子王《ズシオウ》コイシヤ　ホウヤレホ」

ト　ウタッテ　イルデハ　アリマセンカ。

「オカアサマ」

トサケンデ　アネト　オトウトハコロゲコムヨウニ　ニワニ

トビコンデ　オカアサマニ　スガリツキマシタ。オカアサマハ

フタリノ　コドモニワカレテ、カナシミノアマリ、トウトウ

メヲ　ナキツブシテシマッテイタノデシタ。

厨子王《ズシオウ》ハ　オジゾウサマヲ　トリダシテシズカニ　オカアサ

マノ　メヲ　ナデテ　アゲマシタ。スルト、オカアサマノメハ

タチマチ　モトノトオリニ　アキマシタ。三ニンハ　ツレダッ

テ　丹後《タンゴ》ノ　クニヘカエリ、シアワセナ　ヒヲ　オクリマシタ。

七

子ども向けに書かれたこの物語は、森鷗外作の「山椒大夫」を下敷きにしている。

事実に即した所謂「史伝もの」の傑作を幾つも書いた作家は、「歴史離れ」がしたくなって、奥羽・北陸にひろく流布していた「山椒大夫伝説」に着目したが、これとて伝説そのものにもしばられず、「夢のやうな物語を夢のやうに思い浮かべて見た」と、エッセイに書き残している。(4)

なるほど、書かれたのは「夢のやうな物語」に相違ない。丹後の国司に出世して名も正道と改めた厨子王は、最初のとりくみとして人身の売買を禁ずる。山椒大夫もことごとく奴婢を解放し、給料も払うこととした。それは一時は損失のように思えたが、彼らにさせていた農作その他もろもろの仕事は前より一層盛《さか》んになって、一族はいよいよ富み栄えた。姉も無事だった。佐渡に渡った正道は、盲《めし》いた母に遭《あ》うが、姉にもらったお守りをその額におし当てると、目が明《あ》いた。「厨子王！」という叫びが出て、二人はぴったりと抱き合った、というのだから、まさしく「夢物語」である。

作品所収の『森鷗外選集第五巻』の解説（小堀桂一郎）によると、「山椒大夫伝説」は寛永年間に『説教節』の一つとして刊本にもなっていたという。

解説者は、『鷗外が素材として利用したのは、享保十年に印行された浄瑠璃本の復刻で、それは寛永・明暦の古版の説教節正本に比べると字句はより簡略で、仰々しい文飾なども削り落として簡楚の趣きをなした部分が多い。一言で言えば鷗外の仕上げた形にやや近いのである』と述べたあとで、「説教節正本」のテキストは近世の文芸としては『かなり泥臭い、かつ粗野なものである』という[5]。

自分が持っているその「説教節正本」の一冊は、神田の古本屋の店先にあったどれでも一冊百円の雑本の箱の中で何気なく手にしたものだが、いかにも古びたその古臭さが、妙に懐かしかっただけのものだった。

天下一説教与七郎正本『さんせう太夫』（寛永十六年頃刊）で、鷗外が拠った本の八十六年ほど前のものである。

これは、奴隷を解放した山椒大夫一族はいよいよ富み栄えたというどこか「人間離れ」の感さえする鷗外の、「夢のような物語」とは、まるで異《ちが》う――。

安寿の凛々しさは変わらぬが、厨子王の性格は全く別のものだ。弟を逃がせた姉は、行先を言えと山椒大夫とその子らに「湯責め」・「水責め」の拷問《ごうもん》にかけられるが、口を割らぬ。大団扇《おおうちわ》をもってあおぎ立てた炭火の猛火に「責め手は強し身はよわし、なにかはもってこらうべき、正月十六日《ひ》ごろ四つ終りと申すには、十六歳を一期《いちご》となされ姉をばそこにて責め殺す」。

姉のたび重《かさ》なる逃亡の勧《すす》めを、逮捕を恐れてかたくなに拒《こば》みつづけ、『どうしても逃げたければ、姉さん一人で行くがいい』と言い放った弟――。

わが身の安全第一のその性根は浅ましく、そのうえ酷《むご》い。

後年、貴人の支援を得て丹後の「国司」にまで出世した厨子王は、山椒大夫を引捕え、首から上だけを出して穴埋めにしたあげく、その子らに竹で造った鋸《のこぎり》をもってかわるがわるに首を引かせて傷めつけ、やおら責め殺すというその復讐の仕方の残酷さ――まさに、鬼の仕業《しわざ》である。

かくて怨みをはらした厨子王は、「十万余騎を引き具して、陸奥《みちのく》さして下らせ給う。いにしえのその跡に数の屋形を建て並べ、富貴の家と栄え給う。いにしえの、郎党ども、われもわれもとまかり出て、君を守護し奉る。上古も今も末代も、ためし少なき次第なり」。

姉を踏み台として出世を遂げた人間の性格の悪さ、一言で言えば「わが身第一」――それはしかし、人間、あるいは人の世の常《つね》かもしれないが……

それにしても――浅ましいかぎりだ。

しかし、母も姉も居なくなってしまった寺に一人取り残されていた幼い日の自分に、姉からとどいた「夢のような物語」があってよかった。

「安寿」のやさしさ……それは、自分をおんぶして、「石けり」や「縄飛び」などもして遊んでいた姉の背のぬくもりを思い出させた。

小倉の「祇園祭《ぎおんまつ》り」の「稚子《ちご》さん行列」に参加した日……自分の顔中一面に白い「おしろい」を塗《ぬ》り、額《ひたい》に黒い点を二つつけて正装した幼《おさな》い自分の手をひいて、ゆっくり「行列」の一員としての歩みを進めた耳に響いていた「祇園太鼓《ぎおんだいこ》」の勇壮な響きは、今も耳の奥にある……。

姉はいつも、自分の傍《そば》に居てくれた――。

八

四年生の二学期頃だったか、姉が縁者の所に戻って来ていることがわかった。

借金の工面《くめん》を頼む母の手紙を持たされて、姉のいる店の裏戸を叩いた。出てきた姉はびっくりした顔で、しげしげと自分を見つめていたがすぐ一度奥に入って、やがて幾らかの金の入っているらしい封筒を手渡してくれて、

『気をつけて帰るのよ、チャンとお母さんに渡してね……』と言うと、すぐまた奥へ引込んでしまった——あっけない気がした。姉は、店の奥で泣いていたのではあるまいか……。

久しぶりに見る姉は美しかった。「金山《かなやま》子一《こいち》」の血をひいているせいか。だが、その悲運をも引きついでいようとはいえ——その不幸の原因の最たるものがもっとほかにあることに、自分はながい間気がつかなかった——。

その年の秋、自分は流行していた「赤痢」にかかって、二週間の入院生活を余儀なくされた。

退院して、見舞いに来て下さった小学校の担任の先生が、和男君をぜひ中学にやって下さい……、府中一中でも四中でも受かりますよと言って帰られた。励ましのつもりだったのだろうが——定職のない母の連れ合いは、とても中学などへはやれん、小学校を出たら、どこかの店の小僧にでも出すんだな、などと言っていた。

子どもの将来を案じた母は、自分を姉に托すしか道はなかったのだろう——店の隣家・二階の四畳半の姉の部屋が、自分の新しいすみかになった。

小学校を卒《お》えた——。

中学に行きたい、という自分……弟とはいっても、血は半分しかつながってはいないのに、何とかして弟の望みを叶えてやりたいと思ったのだろうが、数《かぞ》えでやっと廿歳《はたち》になったばかりの娘にその資力のあろう筈がない。

思い屈した末の姉は、前からつきまとっている店の客の、「弟さんの面倒も一緒にみるからさ……」ということばに従うしか道はなかったのだろう……渋谷「道玄坂」上のアパートの一室に住むことになったわれら二人――男は、三《さん》、四日《よっか》に一度は通《かよ》って来るのだった。

踏み台にした姉の心のうちも思わず、自分は、姉と一緒の新しい暮しに満足していた。

小学校の先生の言っていた「府立・四中」には受からなかった―

――。

そして結局、すでに「受験願い」の〆切も過ぎていた先生の母校である私立中学に、その後押しで入学することになった。

一緒に中学に行って入学手続きをすませた姉は、面目ない思いでいる自分に、『よかったわねぇ……オニイチャン！』と一言《ひとこと》――。

あの日から、それまでの「ボク……」という呼び方が、「オニイチャン」に変ったのだったか……。

九

昭和十六年十二月八日に勃発《ぼっぱつ》した――「大東亜戦争（太平洋戦争）」の戦史をたどるつもりはないが、今、思うことは、軍事的（政治的）

危機に対処する政府・当局者の施策の驚くべき非人間性の徹底であるとともに、人心の動揺を防ぐために用いる「ことばづかい」の巧みさである。

治安維持法「大正四（一九二五）年六月に公布された思想・結社取締法」は、昭和二（一九二七）年六月「緊急勅令」によって改定され、処罰は死刑・無期刑に変り、直ちに施行され、七月、政治や社会運動、思想までも取り締まる「特別高等警察課」が、全県の警察部に設置された。

敗北を喫した軍が退《ひ》くのは「転進」であり、昭和十八年九月、「徴兵猶予」の大学生の特権を廃して戦場に向わせたのは「学徒出陣」と勇壮で、その数は二十万人程と推定されている。若者たちの出兵で、労働力の不足した軍需工場の穴埋めに、自分たち中学生もどこかの工場で働くことになったが、それは「勤労奉仕」であった。自分はさる軍需工場《ぐんじゅこうじょう》で、飛行機の照準器を造っていたが、工場内には、「職域奉公」という貼紙がベタベタ貼《は》られていた。

(ジャーナリズム(新聞・出版)の自粛・沈滞は、当時の大ベストセラーが、忠義と殉国の精神を説いた「杉本忠佐」の『大義』であったことに象徴されているだろう。)

よく耳にしたことばがある。佐賀(鍋島)藩士・山本常朝の著書『葉隠』にある「武士道とは、死ぬ事とみつけたり」で、これは召集されて戦場へ送られる若者たちの、心の支えに使われたかもしれない。

中学四年になって上の学校へ進むことになった自分は、迷うことなく旧制の「佐賀高等学校」を選んだ。

どうやら合格はしたものの、ここでも授業は停止されていて、「入学」したのは、長崎県の佐世保にあった「海軍工廠」の地下工場で、自分は十五名のなかまと共に高射砲の弾丸《たま》を造っていた。

広島につづいてその長崎にも「新型爆弾《しんがたばくだん》」が投下されて、戦争は終った。惨憺たる「終戦《しゅうせん》」であった、昭和二十（一九四三）年八月十五日。

学校の授業は、十月に再開された。

その初日に、ある教授が講義の初めに言ったことばがある——。

「諸君は、佐賀高校はじまって以来、最低の学力の持主であることを忘れずに――」というのである。

旧制高校は全寮制である。自分は六畳・四人が定めの部屋にこもって、あの『葉隠』を読んでいた。

「武士道」と云は、死ぬ事と見付たり。別に子細《しさい》なし。胸すわって進む也。

「恋の至極《しごく》は忍恋《しのぶこい》也。恋い死なんのちの煙にそれとしれ つひにもらさぬ中《なか》の思ひを」

これは戦時中に言われていたような「死のさとし」ではなかった。決然と、しかも美しく生きる、「生の美学」ではないか……。

これが、「最低の学力」をもって自分の読みとった解釈である。

高校を卒業して、東大の教育学部に進んだ。「赤門」前の帽子屋で買ってくれた角帽を自分の手からとってチョコンとかぶってみせた姉の目には、涙が滲んでいた。

母の連れ合いは持病の胃潰瘍が昂《こう》じて、入院先の病院で死んだ。つづいて――。

姉の相手も、心筋梗塞で急死した。

自由の身となった姉は、「東上線」の「池袋」から三十分程の町に小さな家を借りて、『お花でも教えて暮すわ……』と云っていたが、それだけでは生計が立たず、「日本舞踊」も教えているのがわかった。「生花《いけばな》」は、「道玄坂」上のアパートに居た時、「安達式盛花・准教授」の資格を取っていたのは知っているが、「踊り」はどこでおぼえたものか……。

若い頃、大阪で働いていたという時にどこかで習ったのだろうが、当人が何も云わないのでよくはわからない。だが、そこで身につけていたらしい基礎をもとに、やがて「寿起流《ひさきりゅう》」の「名取り」になった。「輝久光《きくみつ》」という名も、つけていただいたものであろう――。

自分は、先輩の勧《すす》める女《ひと》と結婚して、新宿区の「中井《なかい》」に転居したのだったが、「母親がわり」の人に何の相談もせずに決めた話でも、姉はとても喜んでくれて、

『よかったわねぇ……「オニイチャン」……これで姉さんのお役目も終ったわ』と言ったが、どこか寂《さび》しげに見えた……。

何人ものお弟子さんたちに囲まれて、姉はそれなりに楽しい日々を送っていたと思いたいが……

楽しい日々は迅《はや》く過ぎ去るものだ――。

ある朝、お弟子さんの一人から、姉が倒れているという電話が入った。かけつけて、近くの医院へ……『軽い脳梗塞らしいが、とにかく今は安静第一に……』と告げられたものの、一人暮しのところへ戻すわけにはいかない。知人の世話で、東京の「都立・老人病院」

へ――いろいろの検査が終わって、終わったその日から、「理学療法士」による手足の機能回復の訓練が始まった。

そして、三ヵ月が経《た》ったある日、担当者に呼ばれて出向くと、『介護する人がいれば、もう御自宅で暮らせるでしょう』と告げられた。

困った……。

自分のところへ、と思いはしたものの、家には、一人暮しをしていた老いた母親を引き取っていた。そこへもう一人姉を、とは、妻にも言えず、どうしたものかと迷っていた。

すると、姉は、たどたどしい口調で……、

『どこか、施設にでも入れてくれない？「特養」（特別養護老人ホーム）とか……姉さん、一人暮らしには馴れてるわ……ね、そうして、オニイチャン――』と言った。

ホッとした――。

そのことばに救われて、「川越市」に見つけた「特養」に、姉を入れた。

それからまた、数年が過ぎ去った――。

母が来て五人。手ぜまになった「中井」の家から埼玉の山峡《やまかい》の、あたり一帯は雑木林の土地に小さな家を建てて移り住んだ時、東の風が吹きぬける庭にはまっ先に、好きな桜の苗木を一本植えた。毎朝水をやってから、そう遠くない「川越」の姉の所へ週に一度は顔を出していたが、ベッドに寝たきりになってしまったその老いは、会うたびに度を増していくように思われた。
細おもての、スッキリした顔だちだった人が小太《こぶと》りになってしまって、うつろになってどこを見ているのか判《わか》らないような目も、老いの進行の残酷なしるしであった。その目と向きあうのが辛くて、だんだん足が遠のくようになっていったように思う——。

日課にしていた雑木林の中の小道の散歩、そこで、これまで聞いたことのないような鳥の啼き声を耳にした。
ポンポン
ポンポン
と、雛人形の五人囃子が小鼓を打つような啼き声……土地の人から「筒鳥《つつどり》」という名とともに変わったその習性も教わった。

この鳥は自分の卵を自分では孵《かえ》さず、他《ほか》の鳥の巣に生みつけるのだという――「托卵《たくらん》」ということばを聞いた時、母と姉とわが身の上に思いは及んで、何とも言いようのない複雑な想念が胸を満たした。

ある日突然、卵を預けられた鳥の身の
行く末……
その末の末が
誰にわかろう……

知っているのは、
それこそ、
「神様」だけか――。

寒い冬の朝早く、「特養」からの電話で、姉の様子がおかしい、と告げられた。

一番電車を待って駆けつけたが、姉はもう冷たくなっていた。家も子もなく、孤《ひと》りで生きて一人で死んで行った姉――。弟の自分のために生きたような六十四年の生涯であった。

借りたままにしてあった住居を片づけに行った時、せまい庭の片隅に、椿が一輪咲いているのを見た。赤と白の絞りの美しい花、『本当はね、小倉の家にあった藪椿が好きなんだけど大きくなるから、これにしたの……』と言っていたのを思い出した。

花の名前を訊《き》くと、「沖の浪」と言った。

そして、

『小倉が懐かしいわねぇ……　いろいろあったけど、姉さん、あんたと一緒に暮した日があってよかった』

と言った。

自分の出生がそのまま姉の悲運につながっていた、おのが身の「存在の罪障」――。

返すことばもなく、ただ黙っているしかなかった。

あの日――。

十

庭の桜はいつか、見上げるような大木になった。

「この木はオレだ」と毎日水をやっていた頃から、すでに五〇年近くが過ぎ去っている。もう、九〇歳――卒寿か……

そろそろ……と、身辺の整理を心がけていたら、昔、宮川寅雄さんから頂いた色紙が出てきた。

風が鳴る風が
鳴るのは渓あい
に鬼が棲むらし

桜さかせつ

杜ら　花押

「鬼か、この身は……」と、思った。

年の暮れも近く、懇意にしている庭師が、『この木はなかなか無くてね……』と、かねてから頼んでおいた椿・「沖の浪」を一本持って来てくれたのを、せめて自分の手でと、桜の根元《ねもと》近くに植えた。

二メートル位の木で、春の来るのを楽しみにしていたが、どうしたことか、根づかずに枯れた。

やって来た庭師が枯れ木を両手でつかんで引っぱると、木はまるで「ゴボウ」を引き抜くように、スポッと抜けた。根の先に細根が出ていない。

彼の意見では、この桜の大木の傍では、四方に張った根が、みんな水を吸ってしまうんじゃあ？……ということであった。

「鬼の仕業《しわざ》か……」と、また思った。

桜を切ろう――。春さき花が散ると、庭中一面まるで雪が降ったようになって、自分になぞらえた自慢の樹だが、そうであればある程、伐《き》らねばならぬ。

庭師は、樹の高さは一五メートルぐらいか……幹の太さも太いところで一・八メートルはあるこの大木、切るのはいいが切ったのを庭には落とせないな……と困ったような顔を見せた。

さいわい、私道をはさんだ前の家の三百坪程の空地に樹を倒してもいい、ということで話がついた。

その日――

三、四人の若い衆を連れた庭師が、まずまっ先に樹の根元に三角錐に塩を盛り、両手を合わせるのを見た。

自分も……と一瞬思ったが止《や》めた――。

それから一時間半程、坂を下《くだ》って町に出て、桜へ、とものれに、ともつかぬいらだたしい時を過ごして戻ってみると、桜はすでに六つに裁断され、クレーン車でトラックに積み込まれて、前の家の空地から出て行くところであった。

しばらくして、彼が持って来た二本目の「沖の浪」――桜の切株の前は避けて、そのずっと手前の「五輪塔」の前に植えた。

葉の色も花の蕾も前のよりずっといい樹に青竹の支柱をしっかり付けて、『今度は大丈夫！』と、ことばを残して彼は帰って行った。

春四月――。

蕾が開いた

一つ　二つ　三つ……

紅・白の絞り

昔、姉の小庭で見たのと同じ
美しい花容「沖の浪」

その日はちょうど
自分の誕生日であった

憶えていてくれたのか、姉さん……

「姉さん、ありがとう――」
「アリガトね、姉さん――」

だが　やがて

花びらは片々と散り
萼《がく》も取れ
葉もまた　一枚　二枚　三枚　と地に落ちて
「沖の浪」は　支柱付きのまま
枯れ木になってしまった

しかし
今もそのまま　五輪塔の前にいる

ずっとこのまま　居てほしい
居てほしいが　それは
この先のことは誰にも判《わか》らない……
「神様コンチクショウ」——。

だが
「支柱付きの枯れ木」がこの先
たとえどんな姿に　なろうとも
自分の手が　それを
「ゴボウ」のように引き抜くことはない

きっとだ
きっと――

それしか、自分の出来ることはない――。

注

（1）『国史大辞典』第十一巻、吉川弘文館（一九九〇年）

（2）瑞雲舎（二〇〇五年）元は岩波書店から出版されたが、「差別用語に当らぬか……」と、絶版にしたらしいものを、部分的に復刊したものという。文＝ヘレン・バンナーマン　絵＝フランク・ドビアス　訳＝光吉夏弥

（3）大日本雄弁会講談社（一九五六年）によった。絵（須藤重）も文（千葉省三）も昔のものと同じだと思うが、片仮名書きは平仮名に変り、表記法も現代のものである。ここでは本文は当時のように片仮名にしたが、表記法はそのままとした。
　やむをえぬ改変のお許しをいただきたい。

（4）「歴史其儘と歴史離れ」――『鷗外選集』第十三巻、岩波書店（一九七九年）

（5）「同選集第五巻」（一九八三年）

「あとがき」に代えて

自分の二人の子どものうち、姉の方は、二男・二女の子福者である。「音大」を出て、作詞・作曲が本業であろうが、いわゆる「産休先生」の代りの音楽教師として、あちこちの高校をかけめぐっているらしい。

小さい頃から、女の子らしい長い髪や髪形が嫌いで男の子のような頭にしているから、自分は、「カー坊、カー坊」と呼んできた。

それでもまだ長ったらしいと思うらしく、たまに電話をかけてくると明るい声で、『カボだよ！』と一声……こちらの耳の奥まで明るくなるような気がする。

弟の「ピボニャン」は医者になった——。

「精神科」が専門だから、まだそちらの方の世話にはならずにすんでいるが、短期とはいえ、中国にまで出かけて学んできた「漢方」の心得もあるから、九十一の老骨、体のあちこちが傷んでいるのでよく手当てをしてもらっている。

姉・弟ともに忙しそうで、二人が会うのは、自分の家の正月祝いの一日ぐらいであろうが、老眼の奥には、「オネェチャン……オネェチャン……」と、読んでもらいたい絵本をかざしてつきまとっていた頃の彼の幼い姿が蘇っている。

自分が「踏み台」にして、その一生を台なしにさせてしまった姉の姿もおのずと浮かんでくる……。

「六十四歳」で逝った姉に捧げる、六十四篇の花の詩を創ったことがある。それは、〈拾遺　庭の花〉と題して、「藤原書店」から初めて出していただいた本『下天の内』に収めてある。
その中から、ことに桔梗の花が好きだった姉を偲びながら創った二篇を、ここに「再録」することをお許し願いたい。

九

長梅雨《ながつゆ》に泥をかぶったまま
いつまでも花をつけない桔梗《ききょう》よ
咲いてくれぬか
気にいらぬこともあろうが
咲いてくれ
桔梗

きりきりしゃんとして咲く桔梗かな

——小林一茶

と　いうではないか
水をくぐる火
月に遊ぶ亀もいると
いうではないか

六三

峠を越えて
手も振らずに行ってしまった

紫の深い谷の色
四《よつ》ヶ《が》峰《みね》桔梗《ききょう》

まぶたに残る
桔梗の縫い紋

自分の恐らく最後の本も「藤原書店」から出していただくことになって、うれしい。

藤原良雄・社長の御厚情に、御礼を申し上げる。

入念細心の編集者・小枝冬実さんのお力添えもありがたかった。

表現のしかたに疑問を感じられたのか……？（クエスチョンマーク）が一つ付いていていることがあった。

そこで読み返しているうちに、大事な人物の姓を書き落していて、それがないと前後の脈略がつきにくいところがあるのに気づき、加筆してホッとしたことがあったのを思い出した。

あらためて、
藤原良雄社長
ならびに
小枝冬実さんに、
心からお礼を
申し上げたい。

いろいろお心づかい、
ありがとうございました。

二〇一九年　二月二十五日

著者

著者紹介

大音寺一雄（だいおんじ・かずお）

本名・北田耕也《きただこうや》。1928年、福岡県小倉市に生まれる。旧制・佐賀高等学校、武蔵高等学校を経て、東京大学教育学部（社会教育専攻）卒。東洋大学社会学部教授、明治大学文学部教授を経て、明治大学名誉教授。

おもな著書に『大衆文化を超えて――民衆文化の創造と社会教育』（国土社）『明治社会教育思想史研究』（学文社）『近代日本　少年少女感情史考』（未來社）『「痴愚天国」幻視行――近藤益雄の生涯』（国土社）『〈長詩〉遥かな「戦後教育」――けなげさの記憶のために』（未來社）『下天の内』『一塵四記――下天の内　第二部』（藤原書店）等がある。

姉弟私記《していしき》

2019年4月10日　初版第1刷発行©

著　者　大音寺一雄

発行者　藤原良雄

発行所　株式会社　藤原書店

〒162-0041　東京都新宿区早稲田鶴巻町523
電　話　03（5272）0301
FAX　03（5272）0450
振　替　00160-4-17013
info@fujiwara-shoten.co.jp

印刷・製本　中央精版印刷

落丁本・乱丁本はお取替えいたします
定価はカバーに表示してあります

Printed in Japan
ISBN978-4-86578-220-2

「教育とは何か」を根底から問い続けてきた集大成

大田堯自撰集成（全４巻・補巻）

四六変型上製　各巻口絵1頁・月報付

(1918–)

◎本自撰集成の特色
◆著者が気鋭の若き研究者と討議の結果、著者の責任において集成
◆収録に当たり、著者が大幅に加筆
◆各巻に、著者による序文とあとがきを収録
◆第３巻に著作一覧と年譜を収録
◆１〜４巻に月報を附す（執筆者各巻７人）

■本集成を推す
谷川俊太郎（詩人）　**まるごとの知恵としての〈学ぶ〉**
山根基世（アナウンサー）　**その「語り」は、肌からしみ入り心に届く**
中村桂子（生命誌研究者）
「ちがう、かかわる、かわる」という人間の特質を基本に置く教育
まついのりこ（絵本・紙芝居作家）　**希望の光に包まれる「著作集」**

1 生きることは学ぶこと〔教育はアート〕

生命《いのち》と生命《いのち》とのひびき合いの中でユニークな実を結ぶ、創造活動としての「共育」の真髄。

月報＝今泉吉晴・中内敏夫・堀尾輝久・上野浩道・田嶋一・中川明・氏岡真弓

328頁　**2200円**　◇ 978-4-89434-946-9（2013年11月刊）

2 ちがう・かかわる・かわる〔―基本的人権と教育〕

基本的人権と、生命の特質である「ちがう・かかわる・かわる」から教育を考える。

月報＝奥地圭子・鈴木正博・石田甚太郎・村山士郎・田中孝彦・藤岡貞彦・小国喜弘

504頁　**2800円**　◇ 978-4-89434-953-7（2014年1月刊）

3 生きて〔思索と行動の軌跡〕

「教育とは何か」を問い続けてきた道筋と、中国・韓国との交流の記録。
略年譜／著作目録

月報＝曽貧・星寛治・桐山京子・吉田達也・北田耕也・安藤聡彦・狩野浩二

360頁　**2800円**　◇ 978-4-89434-964-3（2014年4月刊）

4 ひとなる〔教育を通しての人間研究〕

子育てや学校教育の現場だけでなく、地域社会や企業経営者の共感もよんでいる講演の記録などを収録。

月報＝岩田好宏・中森孜郎・横須賀薫・碓井岑夫・福井雅英・畑潤・久保健太

376頁　**2800円**　◇ 978-4-89434-979-7（2014年7月刊）

補巻 地域の中で教育を問う〔新版〕

「子は天からの授かりもの」子どもは単に親の私物ではない。ましてや国家の私物であるはずがない。教育は人類の一大事業なのである。（大田堯）

384頁　**2800円**　◇ 978-4-86578-147-2（2017年10月刊）

精神科医と教育研究者の魂の対話

ひとなる

〈ちがう・かかわる・かわる〉

大田　堯（教育研究者）
山本昌知（精神科医）

教育とは何かを、「いのち」の視点から考え続けてきた大田堯と、「こらーる岡山」で、患者主体の精神医療を実践してきた山本昌知。いのちの本質に向き合ってきた二人が、人が誕生して、成長してゆく中で、何が大切なことかを徹底して語り合う奇蹟の記録。

B6変上製　二八八頁　二二〇〇円
（二〇一六年九月刊）
◇978-4-86578-089-5

「生きる」ことは「学ぶ」こと

百歳の遺言

〈いのちから「教育」を考える〉

大田堯＋中村桂子

生命（いのち）の視点から教育を考えてきた大田堯さんと、四十億年の生きものの歴史から、生命・人間・自然の大切さを学びとってきた中村桂子さん。教育が「上から下へ教えさとす」ことから「自発的な学びを助ける」ことへ、「ひとづくり」ではなく「ひとなる」を目指すことに希望を託す。

B6変上製　一四四頁　一五〇〇円
（二〇一八年三月刊）
◇978-4-86578-167-0

「常民」の主体性をいかにして作るか？

地域に根ざす民衆文化の創造

〈「常民大学」の総合的研究〉

北田耕也監修　地域文化研究会編

後藤総一郎により一九七〇年代後半に信州で始まり、市民が自主的に学び民衆文化を創造する場となってきた「常民大学」。明治以降の自主的な学習運動を源流とし、各地で行なわれた「常民大学」の実践を丹念に記録し、社会教育史上の意義を位置づける。　カラー口絵四頁

飯澤文夫／飯塚哲子／石川修一／上田幸夫／胡子裕道／小田富英／北田耕也／草野滋之／久保田宏／佐藤一子／東海林照一／新藤浩伸／杉浦ちなみ／杉本仁／相馬直美／田所祐史／穂積健児／堀本暁洋／松本順子／村松玄太／山﨑功

A5上製　五七六頁　八八〇〇円
（二〇一六年一〇月刊）
◇978-4-86578-095-6

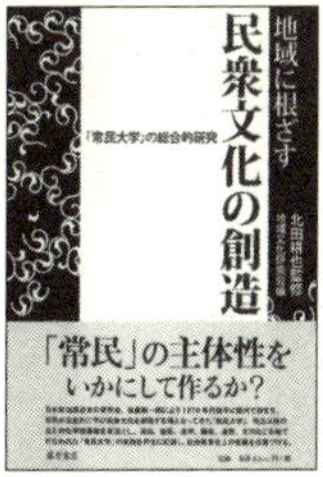

子どもの苦しさに耳をかたむける

子どもを可能性としてみる

丸木政臣

学級崩壊、いじめ、不登校、ひきこもり、はては傷害や殺人まで、子どもをめぐる痛ましい事件が相次ぐ中、半世紀以上も学校教師として、現場で一人ひとりの子どもの声の根っこに耳を傾ける姿勢を貫いてきた著者が、問題解決を急がず、まず状況の本質を捉えようと説く。

四六上製　二二四頁　一九〇〇円
（二〇〇四年一〇月刊）
◇978-4-89434-412-2

高群逸枝と「アナール」の邂逅から誕生した女と男の関係史

〈藤原セレクション〉

女と男の時空

日本女性史再考
（全13巻）

TimeSpace of Gender ——Redefining Japanese Women's History

普及版（Ｂ６変型）　各平均300頁　図版各約100点

監修者　鶴見和子（代表）／秋枝蕭子／岸本重陳／中内敏夫／永畑道子／中村桂子／波平恵美子／丸山照雄／宮田登

編者代表　河野信子

前人未到の女性史の分野に金字塔を樹立した先駆者・高群逸枝と、新しい歴史学「アナール」の統合をめざし、男女80余名に及ぶ多彩な執筆陣が、原始・古代から現代まで、女と男の関係の歴史を表現する「新しい女性史」への挑戦。各巻100点余の豊富な図版・写真、文献リスト、人名・事項・地名索引、関連地図を収録。本文下段にはキーワードも配した、文字通りの新しい女性史のバイブル。

❶❷ ヒメとヒコの時代——原始・古代　河野信子編

① 300頁　1500円（2000年3月刊）◇978-4-89434-168-5
② 272頁　1800円（2000年3月刊）◇978-4-89434-169-2
〔解説エッセイ〕①三枝和子　②関和彦

縄文期から律令期まで、一万年余りにわたる女と男の心性と社会・人間関係を描く。（執筆者）西宮紘／石井出かず子／河野信子／能澤壽彦／奥田暁子／山下悦子／野村知子／河野裕子／山口康子／重久幸子／松岡悦子・青木愛子／遠藤織枝　（執筆順、以下同）

❸❹ おんなとおとこの誕生——古代から中世へ　伊東聖子・河野信子編

③ 320頁　2000円（2000年9月刊）◇978-4-89434-192-0
④ 286頁　2000円（2000年9月刊）◇978-4-89434-193-7
〔解説エッセイ〕③五味文彦　④山本ひろ子

平安・鎌倉期、時代は「おんなとおとこの誕生」をみる。固定性ならぬ両義性を浮き彫りにする関係史。（執筆者）阿部泰郎／鈴鹿千代乃／津島佑子・藤井貞和／千野香織／池田忍／服藤早苗／明石一紀／田端泰子／梅村恵子／田沼眞弓／遠藤一／伊東聖子・河野信子

❺❻ 女と男の乱——中世　岡野治子編

⑤ 312頁　2000円（2000年10月刊）◇978-4-89434-200-2
⑥ 280頁　2000円（2000年10月刊）◇978-4-89434-201-9
〔解説エッセイ〕⑤佐藤賢一　⑥高山宏

南北朝・室町・安土桃山期の多元的転機。その中に関係存在の多様性を読む。（執筆者）川村邦光／牧野和夫／高達奈緒美／エリザベート・ゴスマン（水野賀弥乃訳）／加藤美恵子／岡野治子／久留島典子／後藤みち子／鈴木敦子／小林千草／細川涼一／佐伯順子／田部光子／深野治

❼❽ 爛熟する女と男——近世　**福田光子編**

⑦ 288 頁　**2000 円**（2000 年 11 月刊）◇978-4-89434-206-4
⑧ 328 頁　**2000 円**（2000 年 11 月刊）◇978-4-89434-207-1

〔解説エッセイ〕⑦**吉原健一郎**　⑧**山本博文**

身分制度の江戸時代。従来の歴史が見落とした女性の顔を女と男の関係の中に発見。（執筆者）**浅野美和子／白戸満喜子／門玲子／高橋昌彦／寿岳章子／福田光子／中野節子／金津日出美／島津良子／柳美代子／立浪澄子／荻迫喜代子／海保洋子**

❾❿ 鬩《せめ》ぎ合う女と男——近代　**奥田暁子編**

⑨ 342 頁　**2000 円**（2000 年 12 月刊）◇978-4-89434-212-5
⑩ 320 頁　**2000 円**（2000 年 12 月刊）◇978-4-89434-213-2

〔解説エッセイ〕⑨**若桑みどり**　⑩**佐佐木幸綱**

女が束縛された明治期から敗戦まで。だがそこにも、抵抗し自ら生きようとした女の姿がある。（執筆者）**比嘉道子／川崎賢子／能澤壽彦／森崎和江／佐久間りか／松原新一／永井紀代子／ウルリケ・ヴェール／亀山美知子／奥田暁子／奥武則／秋枝蕭子／近藤和子／深江誠子**

⓫⓬⓭ 溶解する女と男・21 世紀の時代へ向けて——現代　**山下悦子編**

⑪ 278 頁　**2000 円**（2001 年 1 月刊）◇978-4-89434-216-3
⑫ 294 頁　**2000 円**（2001 年 1 月刊）◇978-4-89434-217-0
⑬ 240 頁　**2000 円**（2001 年 1 月刊）◇978-4-89434-218-7

〔解説エッセイ〕⑪**宮迫千鶴**　⑫**樋口覚**　⑬**岡部伊都子**

戦後 50 年の「関係史」。（執筆者）**森岡正博／小林亜子／山下悦子／中村桂子／小玉美意子／平野恭子・池田恵美子／明石福子／島津友美子／高橋公子／中村恭子／宮坂靖子／中野知律／菊地京子／赤塚朋子／河野信子**

〈ハードカバー〉版　女と男の時空　（全六巻・別巻一）

A 5 上製　各平均 600 頁　図版各約 100 点

Ⅰ ヒメとヒコの時代——原始・古代　**河野信子編**　520 頁　**6200 円**　◇978-4-89434-022-0
Ⅱ おんなとおとこの誕生——古代から中世へ　**伊東聖子・河野信子編**　560 頁　**6800 円**　◇978-4-89434-038-1
Ⅲ 女と男の乱——中世　**岡野治子編**　544 頁　**6800 円**　◇978-4-89434-034-3
Ⅳ 爛熟する女と男——近世　**福田光子編**　576 頁　**6602 円**　◇978-4-89434-026-8
Ⅴ 鬩ぎ合う女と男——近代　**奥田暁子編**　608 頁　**6602 円**　◇978-4-89434-024-4
Ⅵ 溶解する女と男・21 世紀の時代へ向けて——現代　**山下悦子編**　752 頁　**8600 円**　◇978-4-89434-043-5

女と男の関係からみた初の日本史年表

別巻　**年表・女と男の日本史**　**『女と男の時空』編纂委員会編**

A 5 上製　448 頁　**4800 円**（1998 年 10 月刊）◇978-4-89434-111-1

網野善彦氏評「女と男の関係を考える"壮観"な年表」

原始・古代から 1998 年夏まで、「女と男の関係」に関わる事項を徹底的にピックアップ、重要な事項はコラムと図版により補足説明を加え、日本史における男女関係の変容の総体を明かすことを試みた初の年表。

人の世と人間存在の曼陀羅図

下天(けてん)の内

大音寺一雄

「下田のお吉」(歴史小説)、「兆民襤褸」(政治小説)、「山椒太夫雑纂」(エッセイ)の、独立しているが相互に内的関連性をもつ小作品を第一部に、血縁が互いに孤立を深めていく無残を描いた自伝的小説を第二部におく綜合的創作の試み。

四六上製　三一二頁　二八〇〇円
(二〇一三年一月刊)
◇978-4-89434-901-8

激動の昭和を生きた自伝的小説！

一塵四記

下天の内　第二部

大音寺一雄

人に語れぬ出生を、暗い影として引きずりながら生きてきた著者。老いて人生を振り返ったとき、身に沁みたのは師から受けた恩と、友との交わりのかけがえのなさだった。宮原誠一、宗像誠也、勝田守一、久野収、森敦ら師との交流のなかで描く「旧師故情――昭和青春私史」ほか。

四六上製　三二八頁　二八〇〇円
(二〇一四年一一月刊)
◇978-4-86578-002-4

最後の自由人、初の伝記

パリに死す

(評伝・椎名其二)

蜷川　譲

明治から大正にかけてアメリカ、フランスに渡り、第二次大戦占領下のパリで、レジスタンスに協力。信念を貫いてパリに生きた最後の自由人、初の伝記。ファーブル『昆虫記』を日本に初紹介し、佐伯祐三や森有正とも交遊のあった椎名其二、待望の本格評伝。

四六上製　三二〇頁　二八〇〇円
(一九九六年九月刊)
◇978-4-89434-046-6

類稀な反骨の大学人

敗戦直後の祝祭日

(回想の松尾隆)

蜷川　譲

戦時下には、脱走した学徒兵を支え、日本のレジスタンスたちに慕われ、戦後は大山郁夫らと反戦平和を守るために闘った、類稀な反骨のワセダ人・松尾隆。その一貫して言論の自由と大学の自治を守るために闘い抜いた生涯を初めて公開する意欲作。

四六上製　二八〇頁　二八〇〇円
(一九九八年五月刊)
◇978-4-89434-103-6